조밭의 킹

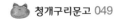 청개구리문고 049

조밭의 킹

2024년 10월 17일 1판 1쇄 인쇄 / 2024년 10월 30일 1판 1쇄 발행

지은이 정영혜 / 펴낸이 임은주
펴낸곳 청개구리 / 출판등록 2003년 10월 1일 제2023-000033호
주소 (12284) 경기도 남양주시 다산지금로 202 (현대 테라타워 DIMC) B동 3층 17호
전화 031) 560-9810 / 팩스 031) 560-9811(편집부) 070-7614-2303(주문 전용)
전자우편 treefrog2003@hanmail.net
네이버블로그 청개구리출판사
인스타그램 treefrog_books

편집디자인 서강 | 일러스트 안민정
출력 우일프린테크 | 인쇄 하정문화사 | 제책 상지사P&B

King of millet fields

Written by Jeong Yeonghye. Illustrations by Ahn Minjeong .
Text Copyright ⓒ 2024 Jeong Yeonghye. Illustrations Copyright ⓒ 2024 Ahn Minjeong.
All rights reserved.
First published in Korea in 2024 by CHEONGGAEGURI Publishing Co.
Printed in Korea.

ISBN 979-11-6252-135-9　(73810)

●KC마크는 공통안전기준에 적합하였음을 의미합니다.
●이 책의 본문은 친환경 재생용지를 사용해 제작하였습니다.

이 책은 부산문화재단의 지원으로 발간되었습니다.

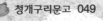

청개구리문고 049

조밭의 킹

정영혜 동화집 • 안민정 그림

청개구리

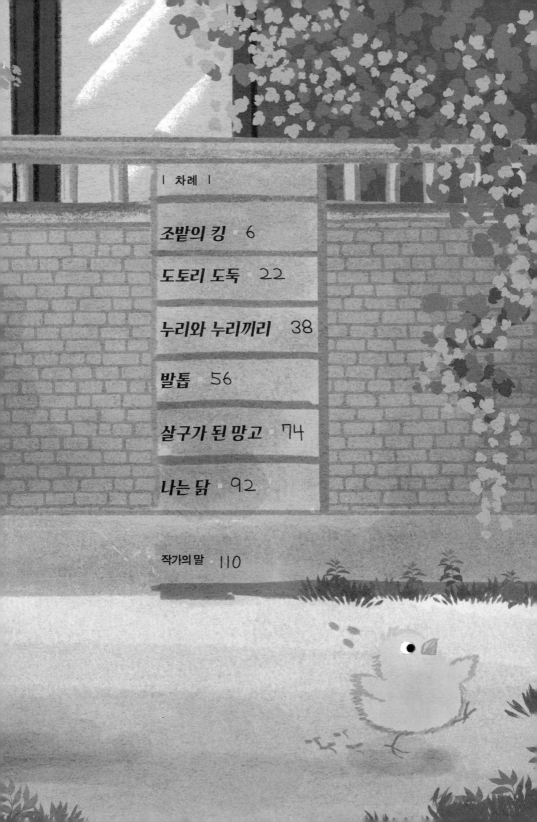

| 차례 |

조밭의 킹

저만치 도로 공사장에서 마네킹이 팔을 흔들고 있었어.

길 안내해 주는 안전요원 마네킹 말이야.

"천날만날 팔 흔드는 저놈을 세워 두면 딱일 것인디, 쩝!"

할머니는 마네킹을 보며 손을 흔들었어.

할머니들만 모여 사는 마을이 있었어. 봄부터 가을까지 품앗
이로 농사짓고, 겨울이면 마을회관에 모여 한솥밥 해 먹었지.

늦여름 뙤약볕에 논두렁콩들도 당글당글 영글어 가는 날이야.

머리카락이 라면처럼 꼬들꼬들한 할머니가 몸빼바지를 추스
르며 밭으로 갔어. 밭두렁엔 누렁누렁 호박이 익어 가고 참깨,
들깨는 따글따글 여무느라 하루해가 짧았지. 고구마는 자줏빛
잎을 토해 내며 기어오르고 싶어 안달이야.

"아따, 시뻘건 고추가 야물딱지게 익어 가구마잉. 고추장 맹
글면 허벌나게 맛나것다."

할머니는 고추장이며 고춧가루를 아들, 딸 나눠 줄 생각에 싱
글벙글했어.

"사나흘 지나면 할마씨들 불러서 고추 따자고 해야 쓰것네."

고추밭 위에는 조가 주렁주렁 달려 있었지. 할머니가 조밭으로 올라갔어.

"워메, 이쁜 것! 겁나게 달려 부렸네잉."

할머니는 탐스럽게 달린 조를 흐뭇하게 바라보았어. 그러더니 갑자기 우거지상을 짓는 거야.

"워쩐댜. 참새가 떼거리로 달려들 것인디."

작년에 허수아비를 세워 뒀지만 별 재미를 못 봤어.

저만치 도로 공사장에서 마네킹이 팔을 흔들고 있었어. 길 안내해 주는 안전요원 마네킹 말이야.

"천날만날 팔 흔드는 저놈을 세워 두면 딱일 것인디, 쩝!"

할머니는 마네킹을 보며 손을 흔들었어. 마네킹이 인사하는 것 같았거든.

할머니가 새벽 댓바람부터 찬거리를 준비하러 밭으로 갔어.

"아따, 잘 잤는가?"

할머니가 이슬을 털며 오이랑 풋고추, 깻잎을 소쿠리에 담았지. 돌아오다가 보니 마네킹이 비스듬히 누워 있는 거야.

"그려, 니도 좀 쉬어야 한당께. 얼마나 힘들것어?"

할머니는 밤낮으로 팔 흔드는 마네킹이 불쌍하다고 생각했지.

다음 날, 밭으로 가는데 마네킹이 보이지 않는 거야. 할머니가 고개를 갸웃거리며 공사장으로 내려갔어.

마네킹은 쓰레기 더미에 널브러져 있었지. 얼굴엔 시커먼 타이어 자국이 또렷하고, 오른쪽 귓불은 떨어져 나갔어. 팔은 부러지고 왼쪽 다리는 뒤틀려 있었지. 손가락 두 개는 댕강 부러지고 말이야.

"오매오매, 불쌍한 것. 얼매나 놀랬을까잉. 운전 조심하라고 안내하다가 오히려 사고를 당해 부렀네."

마네킹을 세워 보니 풍선인형마냥 팔다리가 제멋대로 움직였어.

"아따, 사고가 났으면 치료를 해 주든가 고쳐 주든가 해야제, 부서졌다고 그냥 버려 부렀네잉"

할머니는 마네킹을 들고 집으로 갔어. 부서진 조각들을 모조리 챙겨서 말이야.

"옷 꼬라지 좀 보랑게. 완전 상거지여."

할머니는 바래고 찢어진 옷부터 벗겼어. 귓불과 손가락은 접착제로 붙이고, 부러진 팔은 반창고로 감았어. 빙글빙글 돌아가는 다리는 천 조각을 끼워 덜 움직이게 했지.

할머니는 땀으로 목욕을 했지만 아랑곳하지 않았어. 마치 수술하는 외과 의사 같았지. 그럭저럭 손을 다 본 할머니는 마네킹의 엉덩이를 철썩 쳤어.

"딱 좋아 부러!"

그 바람에 마네킹의 정신이 번쩍 돌아왔지.

'할머니, 정말 감사드리지 으…… 흡!'

마네킹이 고마워서 인사를 하는데, 할머니가 마네킹 얼굴을 걸레로 쓱쓱 닦지 뭐야.

'퉤퉤! 꽃보다 잘생긴 얼굴을 걸레로 닦으면 안 되지 말입니다.'

마네킹의 말이 들릴 리 없는 할머니는 한술 더 떴어.

"요놈을 조밭에 허수아비로 세워 두면 딱 이랑게. 사람 맹키로 서 있으면 참새도 깜박 속을 것이여."

'나를 허수아비로 세운다고라고라? 그러시면 정말 곤란하지 말입니다.'

마네킹은 할머니한테 고마웠던 마음이 싹 사라졌어.

"인자부터 니는 안전요원이 아니랑게."

할머니가 낡아빠진 안전요원 옷을 한쪽으로 치웠어.

'정 그러시다면, 모델도 울고 갈 멋진 옷으로 부탁드리지 말입니다.'

하지만 할머니 생각은 달랐어. 옷을 안 입힌 채 세워 두려고 했던 거야. 그런데 홀딱 벗은 게 좀 민망했지.

"옷을 안 입힝게 쪼까 거시기 하구마잉. 맞춤한 옷이 있을랑가 모르겠네."

할머니가 방으로 들어가더니 한참을 꾸물댔어.

'제가 또 왕년에 한모델 했지 말입니다. 안전요원 옷은 내 스타일이 아니었지 말입니다.'

마네킹은 잔뜩 기대하며 콧노래까지 흥얼거렸어.

삐그덕, 문이 열리고 할머니가 나왔는데, 빈손이야.

"마땅한 옷이 하나도 없어 부러야. 이럴 줄 알았으면 영감탱이 옷이라도 하나 남겨 둘 것인디, 걍 이대로 밭에 가야 쓰것다."

'헐! 이러시면 진짜 창피하지 말입니다. 아까 안전요원 옷도 근사하지 말입니다.'

마네킹이 아무리 징징거려도 소용없었지.

할머니는 마네킹을 옆구리에 끼고 한 손엔 삽을 들었어. 창고 앞을 지나가다가 뒷걸음질쳤지.

"긍게, 작년 허수아비 옷이 어디 있을 것이여잉."

할머니가 마네킹을 벽에 기대 세워 두고 창고로 들어갔어.

마네킹은 안도의 한숨을 내쉬었지.

'어떤 옷을 가져오실까?'

마네킹은 오래전 쇼윈도에서 폼을 잡던 때가 생각났어.

'까만 정장도 잘 어울리지 말입니다.'

잠시 뒤, 할머니는 빨간색 티셔츠를 들고 나오더니 먼지를 탈탈 털었어.

'빨간색은 내가 제일 좋아하는 색이지 말입니다.'

"작년 건 참새가 똥을 싸대서 그런가, 영 때깔이 이상하더랑게. 요놈은 손자가 벗어 놓고 간 옷인디 맞을랑가 모르겠네잉."

할머니가 티셔츠를 입히려 하는데 팔이 들어가지 않는 거야.

"벗길 때는 잘 되었는디, 왜 이랴?"

할머니는 발부터 끼웠다가, 머리부터 끼웠다가 아주 야단이 났어.

마네킹은 간지러워서 야단이었지.

"아하! 요놈 팔을 쏙 뽑았다가 다시 끼워야 쓰것구만."

옷을 겨우 입힌 할머니가 마네킹을 번쩍 들었어. 마네킹의 배꼽이 쏙 보이네.

"워메, 곰돌이 푼가, 하는 고놈 같네잉. 갸도 바지는 안 입었응게."

'할머니, 아니 할매. 잠깐만요! 참새 똥 싼 바지도 괜찮지 말입니다. 아까 안전요원 옷도 멋쟁이지 말입니다.'

마네킹은 완전 울상이 되었어.

할머니는 마네킹을 요리조리 보고는 등짝을 철썩 쳤어.

"딱 좋아 부러!"

'아이고 내 팔자야. 패션 모델이 되어도 시원치 않을 판에 빨간 배꼽티만 입은 허수아비라니!'

마네킹은 펑펑 울고 싶었지.

할머니는 밭에 가자마자 옥수숫대를 쑥 뽑아냈어. 그 자리에 구덩이를 파서 마네킹을 세웠지. 마네킹의 발에 큼지막한 돌을 얹고, 그 위에 흙을 덮어 꾹꾹 밟았어.

"떡 벌어진 어깨 좀 보소. 참새는 얼씬도 못할 것이여."

할머니는 마네킹 등을 토닥토닥 해 줬어.

마네킹은 바지도 안 입혀 준 할머니가 미워서 속이 부글부글 끓었지.

할머니가 가자마자 한 무리 참새 떼가 날아와 밤나무 가지에 앉았어.

"얘들아, 저것 좀 봐."

"사람이야, 아니야?"

"글쎄, 어디서 많이 본 것 같지 않니?"

"그러게. 낯이 익은데, 어디서 봤더라?"

"옷이 진짜 웃긴다."

"바지도 안 입고 좀 창피하겠다, 하하하."

참새들은 지들끼리 찧고 까불고 난리를 피우더니 날아갔어.

'아이고, 망신스러워라.'

마네킹은 눈을 질끈 감고 싶었지.

조밥의 킹 17

며칠 뒤, 할머니네 고추를 따는 날이야. 동네 할머니들이 품앗이를 왔지.

방앗간 할매가 밭두렁에 서 있는 마네킹을 보았어. 방앗간 할매는 예전에 방앗간을 해서 그렇게 불러.

"못골댁, 워디서 요런 요상한 물건을 주워 왔당가?"

"뭔 소리랴? 나가 교통사고 난 걸 모셔 와서 수술까지 시켜 줬는디."

할머니가 흐뭇한 눈으로 마네킹을 보았지.

"워메, 참말로 잘생긴 총각이구마잉."

호랭이 할매도 한마디 거들었어. 호랭이 할매는 돌아가신 할배가 말끝마다 '호랭이가 물어갈 놈' 하고 욕을 해대서 붙은 별명이야.

방앗간 할매가 마네킹을 위아래로 훑어보았어.

마네킹은 조밭을 지키기는커녕 조밭 속으로 숨고 싶었지.

"잘생기긴 혔는디 어째 좀 민망하당게. 하다못해 못골댁 몸뻬라도 입혀 주든가, 워째 홀랑 벗고 섰당가."

할머니가 펄쩍 뛰며 말했어.

"허수아비가 아랫도리 입은 거 봤어? 봤냐고?"

방앗간 할매가 한발 물러서며 말했지.

"거시기 뭐냐, 허수아비는 작대기에 지푸라기 붙인 거고, 이놈은 마네킹이니께."

"내 밭에서 요래 섰으면 마네킹이 아니라 허수아비여."

호랭이 할매가 히죽 웃으며 마네킹 엉덩이를 봤어.

"그람, 저기 허리춤에다 호박잎이라도 가려 주든가."

방앗간 할매가 맞장구쳤지.

"호박잎은 까끌까끌해서 안 된당게. 매글매글한 토란잎이 제
격이여."

마네킹은 울상이 되어 소리쳤어.

'나, 돌아갈래!'

방앗간 할매가 고추 담을 마대자루를 꺼내며 말했어.

"나중에 못골댁 꽃무늬 몸빼바지라도 좀 입혀 주시오잉."

"아따, 아무시랑토 않구마 워째 저 난리당가. 알았응게 후딱
후딱 고추나 따 주시오잉."

할머니들은 하하 호호 웃으며 고추밭으로 내려갔어.

다음 날부터 할머니는 무척 바빴어.

호랭이 할매 고추도 따 주고, 방앗간 할매 고추도 따 주고, 할
머니 고추도 바싹바싹 말려야 했거든.

정신없이 며칠을 보낸 할머니는 그제야 허수아비가 생각났어.

"오매오매, 나가 몸빼바지라도 입혀 준다는 것이 깜빡 잊어 부

렀네.”

할머니는 옷장을 죄다 뒤졌지만 적당한 걸 찾지 못했어. 할 수 없이 입고 있던 줄무늬 몸뻬바지를 바꿔 입고 헐레벌떡 밭으로 갔어.

“워메, 이것이 머시당가?”

마네킹이 바지를 입고 있지 뭐야. 바람 송송 자주색 이파리 바지를.

글쎄, 밭두렁 아래에 있던 고구마 줄기가 마네킹의 발목을 타고 올라간 거야.

‘할머니, 내 바지 멋지지 말입니다.’

할머니가 입을 벌린 채 마네킹 주변을 돌았어.

“오메 오메, 겁나게 멋져 부러!”

여물어 가는 조들이 고개를 숙이고 있었어. 마치 마네킹에게 고맙다고 인사하는 것 같았지.

할머니가 빙그레 웃으며 말했어.

“인자부터 너는 킹이여. 조밭의 킹!”

할머니가 엄지손가락을 치켜세웠지.

“요렇게만 잘 지켜라잉. 조 걷어서 장에 팔면 멋들어진 옷 한 벌 사 줄랑게.”

‘할매! 딱, 좋아 부러!’

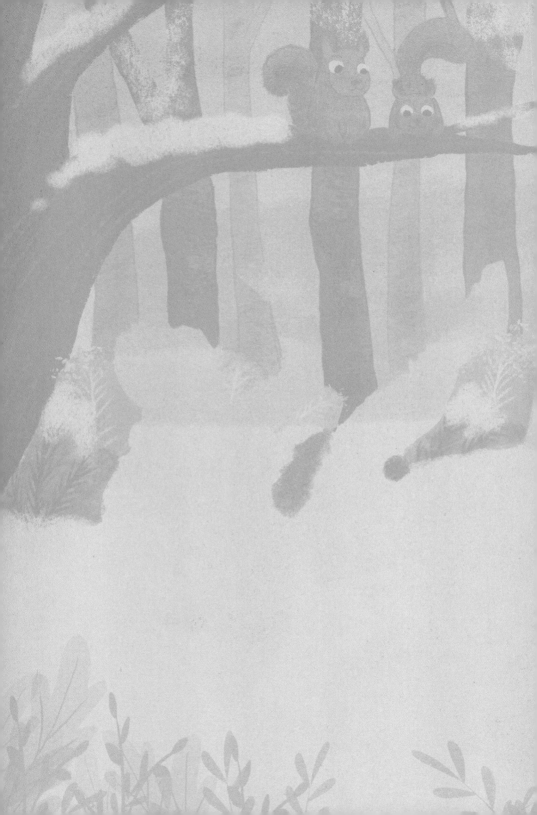

도토리 도둑

"도토리를 싹쓸이한 도둑놈, 할매도 모릅니꺼?"
할머니가 멧돼지의 눈을 피하며 말했어.
"내, 내가 우찌 알것노?"
할머니는 말까지 더듬으며 시치미를 뗐어.

간밤에 하얀 눈이 소복소복 내린 날이야.

"하이구 마, 백설기 맹키로 이쁘게도 뿌려놨네."

함안댁 할머니가 빨간 목도리를 두르며 하늘을 보았어. 얼굴은 까무잡잡해도 표정은 맑겠지.

"월월!"

점식이가 여기저기 발 도장을 찍으며 겅중겅중 뛰어왔어.

점식이는 까만 점이 드문드문 찍힌 달마티안 종이야. 함안댁 아들이 아파트에서 키우다가 너무 커서 시골로 보낸 거지. 이젠 함안댁의 껌딱지, 든든한 보디가드야.

"그렇게 신나냐? 내는 새빠지게 생겼다."

할머니는 목장갑을 끼고 마당에 내려섰어. 내리삽으로 눈을 밀어내고 대빗자루로 쓱싹쓱싹 쓸었지. 마당엔 빗살무늬가 생겼지.

할머니가 괭이랑 소쿠리를 챙겼어.

"점식아, 무 가지러 밭에 좀 가자."

"월월!"

아침 햇빛에 눈꽃들은 보석처럼 반짝거렸어. 솔가지들은 동글동글 하얀 모자를 썼지. 눈은 보물찾기하듯 길을 감춰 놓았어.

할머니는 괭이를 지팡이 삼아 조심조심 걸어갔어. 그 뒤를 점식이가 쫄레쫄레 따라갔지.

밭에 들어서자마자 할머니 눈이 점점 커졌어. 하얀 눈 위에 작은 멧돼지 발자국이 콕콕 찍혀 있었거든. 발자국은 무를 묻어 놓은 곳으로 향해 있었어.

"이기 무슨 일이고?"

무 저장고 가장자리가 파헤쳐져 있었어. 무도 두어 개 나뒹굴고 말이야. 멧돼지 발자국이 또렷한 걸로 봐서 파헤친 지 얼마 안 된 것 같았어.

"빌어묵을 놈의 멧돼지가 고약하게 해 놨네!"

할머니는 무 몇 개를 꺼내 소쿠리에 담았어. 흐트러진 짚단을 가지런히 놓고 그 위에 비닐을 덮었어. 흙을 두껍게 올려서 단단하게 채비했지.

할머니는 장갑을 탈탈 털고 입김을 호호 불었어.

"꿔익, 꿔익!"

산속에서 무슨 소리가 났어. 새소리 같기도 하고 비명 같기도 했어.

점식이가 산을 향해 한바탕 짖었어.

"월월, 월월월월!"

점식이가 고개를 갸웃거리더니 할머니를 보았어. 산에 가 보자고 말이야.

"겁나는디."

말은 그렇게 했지만 할머니도 궁금하긴 했어.

점식이가 성큼성큼 앞장섰어. 할머니는 주춤주춤 따라갔지.

커다란 상수리나무에 청설모 두 마리가 호들갑스럽게 오르내렸어. 그 밑에 크지도 작지도 않은 멧돼지가 버둥거리고 있었지.

"아이고, 우짜꼬. 누가 요런 데 올무를 걸어 놨노?"

할머니가 울상을 지으며 가까이 다가갔어. 크지도 작지도 않은 멧돼지는 더 버둥거렸지.

점식이가 요란하게 짖었지.

"점식아, 고만해라. 시끄러워 죽것다!"

할머니는 멧돼지를 도와줄 방법을 생각했지. 그때 하얀 눈 위에 덩그러니 놓인, 길쭉하고 미끈한 무를 본 거야.

"가만있어 봐라."

점식이가 빙빙 돌다가 납작 엎드렸어.

"이거, 우리 무 아이가? 그람, 니 짓이었나?"

멧돼지를 측은하게 보던 할머니 눈은 온데간데없어졌어. 입에선 꼴좋다는 둥, 얼어 죽을 놈이라는 둥, 남의 걸 훔쳐 먹다 천벌을 받았다는 둥, 나쁜 말을 마구 쏟아냈지.

욕을 고스란히 먹은 멧돼지는 더 버둥거렸어. 그럴수록 아프고 추워서 움찔움찔 떨었어. 애처롭기 짝이 없었지.

"쯧쯧쯧, 묵고 죽은 귀신이 때깔도 좋다 카더라."

할머니가 멀찍이 떨어져 있는 무를 멧돼지 앞에 툭 던졌어.

멧돼지가 버둥거리며 미친 듯이 소리쳤어. 참았던 설움이 터진 거지.

"하도 배가 고파서 그랬습니더! 꽤엑, 꽤엑!"

꺼무죽죽한 할머니 얼굴이 하얗게 질렸어. 멧돼지에게 들이받힐까 봐 놀라고, 쏘아붙이는 말에 한 번 더 놀랐지.

점식이도 놀랐는지 마구 짖었어. 할머니는 정신이 하나도 없었어. 뒷걸음질치다가 엉덩방아를 찧었지 뭐야.

"아이쿠!"

허둥지둥 일어서다가 또 미끄러졌어. 뾰족한 나뭇가지가 엉덩이를 찔렀지.

"우짜꼬. 내 궁뎅이 빵구나것다!"

할머니는 상수리나무를 붙잡고 겨우 일어섰어.

멧돼지는 저 혼자 미끄러졌다 자빠졌다 하는 할머니를 멀뚱멀
뚱 바라보았어.

"도토리나무는 많은데 도토리가 없어예. 그 많은 도토리는 다
어디로 갔을까예?"

"……."

"도토리를 싹쓸이한 도둑놈, 할매도 모릅니꺼?"

할머니가 멧돼지의 눈을 피하며 말했어.

"내, 내가 우찌 알것노?"

할머니는 말까지 더듬으며 시치미를 뗐어. 가을 내내 도토리
를 주워서 동네 할머니들이랑 떡 해 먹고, 묵 해 먹었거든.

멧돼지는 바들바들 떨었어. 다리에 맺힌 피가 찬바람에 얼어
붙고 있었어.

"배가 솔찮이 고팠습니더. 눈마저 쌓여서 먹을 걸 찾을 수가
없었어예. 어매가 밭에서 고구매를 가져오던 게 생각났습니더.
눈이 덮여서 아무 밭에나 내려갔지예. 파 보니 무였습니더."

멧돼지가 코앞에 있는 무를 한 입 베어먹었어.

"소리를 질렀더니만 목이 말라가……."

게 눈 감추듯 무를 먹어치운 멧돼지가 이어서 말했어.

"그 자리에서 두 개 묵고 하나는 나중에 묵을라고 물고 가다가
눈 덮인 올무에 걸려 버렸지예."

멧돼지가 주저리주저리 변명할 때, 할머니 머릿속엔 딴생각이 들어왔어.

'이놈을 신고하면 포상금을 줄랑가?'

할머니는 속으로 갈팡질팡했어. 멧돼지가 불쌍하다가도, 포상금 욕심도 나는 거야. 그때 멧돼지가 파르르 떨며 소리쳤어.

"얼어 죽겠습니더. 살려 주이소."

화들짝 놀란 할머니가 멧돼지를 보았어. 눈이 딱 마주쳤지. 깜박거리는 눈이 도토리를 닮았지 뭐야.

'신고하면 잡혀 가서 어찌 될지 모른다 아이가.'

할머니는 멧돼지를 구해 주고 싶었어. 눈을 게슴츠레 뜨고 올무를 자세히 보았지. 새끼줄처럼 꼬여 있는 게 여간 단단해 보이지 않았어.

"쯧쯧, 얼매나 아프겠노."

할머니가 장갑을 벗었어. 올무를 느슨하게 당겨 보려고 했지만 어림도 없었지. 할머니 손만 시퍼렇게 얼었어.

"안 되것다. 쇠 자르는 가위를 가져올 테니까 쪼매만 참아 봐라."

할머니는 무 소쿠리를 챙겨 부리나케 집으로 갔어. 어찌나 빨리 걷는지 털신에 묻은 눈이 허리까지 튀었어. 점식이는 앞에서 길잡이를 했지.

"쇠 자르는 가위가 오데 갔노?"

공구함을 아무리 뒤져도 보이지 않는 거야. 보름 전 못골댁이 빌려 간 게 생각났어. 입을 앙다물고 황급히 못골댁 집으로 갔지.

"빌려 썼으면 퍼뜩 돌려 줘야제. 확, 묵사발로 맹글어 불라."

못골댁이 얼빠진 표정으로 바라보았어. 여느 때와 다르게 함안댁이 으름장을 놓았거든.

"뭔 일 있당가요?"

"필요할 때 없으니까 짜증난다 아이가."

할머니는 짐짓 별일 아니라는 듯 얼버무렸어.

못골댁이 배시시 웃으며 홍시 담긴 쟁반을 내밀었지.

"도토리 떡 잘 묵었소잉. 어찌나 맛나던지……."

못골댁 말이 끝나기도 전에 할머니는 쇠 가위만 챙겨 자리를 떴어.

"홍시를 마다하고, 뭔 일 있나?"

할머니는 산이 아니라 집으로 갔어. 신발은 댓돌에 한 짝, 마당으로 한 짝 날아갔지.

약상자에서 빨간약과 텔레비전 볼 때 덮던 무릎담요를 챙겼어.

그리고 김치냉장고에서 도토리 떡을 꺼냈어. 쇠 자르는 가위랑 몽땅 소쿠리에 담았지.

"이렇게라도 해야 내 마음이 편하것다."

할머니는 서둘러 산으로 올라갔어. 점식이는 할머니랑 보조를 맞췄지.

멧돼지는 움찔움찔 떨며 겨우 숨만 쉬고 있었어.

할머니는 무릎담요로 멧돼지를 덮었어. 눈도 가릴 겸 보온을 위해서야. 쇠 자르는 가위를 집어 들었지. 손가락에 걸고 머뭇거렸어.

"겁먹지 말고 얌전하게 있거라. 알것제?"

할머니는 멧돼지에게 안심하라고 말했지만 사실은 자기한테 한 말이었어.

할머니가 올무에 쇠 가위를 들이대자 멧돼지가 움찔했어. 할머니도 움찔했지. 할머니는 가위 끝을 올무에 겨우 걸고 젖 먹던 힘까지 짜내서 자르기 시작했어. 할머니가 힘을 줄 때마다 멧돼지는 몸서리쳤어.

할머니 이마엔 땀이 송골송골 나고, 멧돼지 눈에선 눈물이 찔끔찔끔 나왔어. 할머니는 손아귀가 아프고 손가락은 마비될 지경이었어.

올무는 낙숫물이 바위 뚫는 것처럼 더디게, 더디게 잘렸어.

멧돼지가 참다 참다 소리쳤어.

"고마 냅두이소! 얼어 죽으나, 올무에 걸려 죽으나 그게 그거지예."

34

놀란 점식이가 뒤에서 으르렁거렸어. 할머니가 재빨리 손을
들어 말리자 간신히 멈췄지.

"할 때까진 해 봐야제. 다 돼 간다."

할머니는 손목을 한 번 털었다가 다시 가위를 쥐고 손아귀에
힘을 주었어. 그러기를 셀 수도 없이 반복했지. 해가 하늘 가운
데로 올라갈 무렵 할머니 이마에도 땀방울이 맺히기 시작했어.

툭!

드디어 올무가 끊어졌어. 할머니는 소쿠리에서 빨간약을 꺼내
다친 발목에 발랐어. 피를 멎게 하고 소독도 하는 약이야. 멧돼
지는 약을 바를 때마다 움찔움찔했어. 나뭇가지 사이로 햇빛이
포근하게 비추었어. 따뜻한 입김을 불어 주는 것 같았지.

할머니가 담요를 걷었어. 멧돼지는 눈을 찡그리며 일어났지.
할머니가 코앞에서 빙긋 웃고 있었어.

할머니는 바구니에서 슬그머니 떡을 꺼냈어.

"도토리로 맹근 떡이다. 너그들 묵을 건 남겨 뒀어야 했는데,
미안하데이."

할머니는 도토리 떡을 멧돼지 코앞에 슬그머니 놓았어. 멧돼
지는 어리둥절하더니 콧구멍을 실룩거렸지.

"내 마지막 도토리 떡이다. 퍼뜩 묵어 봐라."

멧돼지는 코를 킁킁대더니 도토리 떡을 한 입 먹었어.

"인자부터 도토리는 쪼매만 주울 거니까 무 저장고는 건드리지 말거라. 바람 들면 못 묵는다."

멧돼지는 할머니 말은 듣는 둥 마는 둥 허겁지겁 먹기 바빴어. 좋아하는 땅콩, 호두까지 들어 있으니 얼마나 고소하겠어. 침을 한 바가지나 흘리면서 게걸스럽게 먹었지.

"점식아, 가자."

할머니는 쩝쩝대는 소리를 들으며 눈 덮인 산길을 조심조심 내려갔어.

청설모 두 마리가 나무에서 쪼르르 내려왔어. 멧돼지는 한 발 물러서며 말했어.

"같이 묵자."

멧돼지와 청설모 두 마리가 하얀 눈 위에서 도토리 떡 잔치를 벌였어.

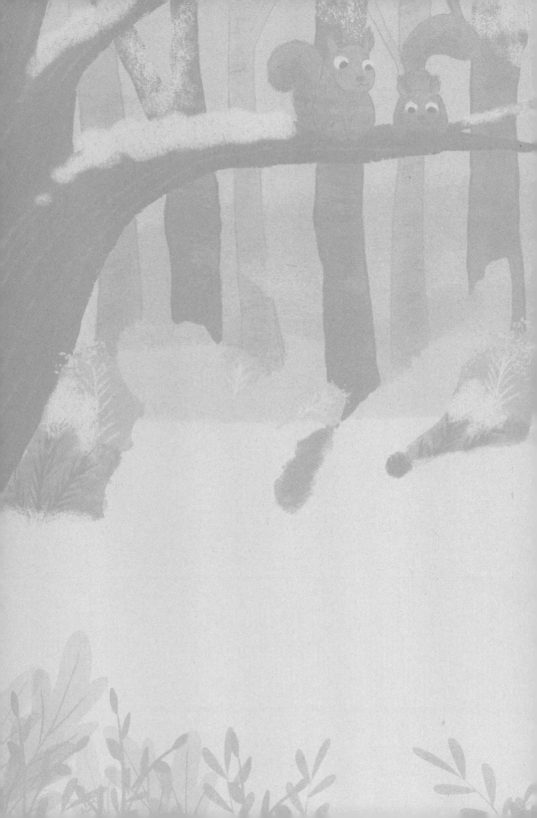

누리와 누리끼리

노랭이가 누리끼리의 품으로 파고들며 마른 젖을 빨았다.

누리끼리는 혀가 닳도록 노랭이를 핥았다. 그러다 나랑 눈이 마주쳤다.

"누리야, 넌 멋진 수색견이야."

멋진 수색견! 털 나고 처음 듣는 칭찬이었다.

트럭은 일정한 속도로 달렸다.

예방주사를 맞아선지 졸음이 쏟아졌다.

끽, 끽!

"누리야, 이게 무슨 소리야?"

옆 케이지에서 마루가 실눈을 뜬 채 물었다. 나는 눈을 반쯤 뜨고 두리번거렸다.

"내 이동장 문이 열렸어!"

마루는 성가시다는 듯 돌아누웠다.

마루와 나는 군대 수색견이다. 우리는 냄새를 기억해서 폭발물이나 마약, 실종자 등을 찾는 일을 한다. 조금 전 동물병원에서 예방접종을 받고 부대로 돌아가는 길이다.

난 아직 훈련 중인데 가끔 산만하다고 야단을 맞는다. 나와 반대로 마루는 만날 칭찬받기 바쁘다. 얼마 전에 치매로 길 잃은 할머니를 야산에서 찾은 적이 있다. 마루 목에 훈장이 걸릴 때, 나도 모르게 목을 쭉 뺐다.

"어떻게 열렸지?"

별안간 마루가 벌떡 일어나며 물었다.

"글쎄, 백 상사가 고리를 제대로 안 채웠나 봐."

백 상사는 우리를 훈련시키는 교관이다.

문을 밀고 케이지 밖으로 나왔다. 우리를 태운 트럭은 총알처럼 달렸고, 길가의 나무들은 화살처럼 비껴갔다.

달리는 트럭 때문에 나는 술 취한 아저씨처럼 비틀거렸다. 약간 재미있기도 하고, 느낌은 나쁘지 않았다. 발바닥에 힘을 주고 바람을 맞았다.

산등성이 너머 하늘이 발그레 물들고 있었다. 두 줄로 날아가는 새들이 꼭 훈련하는 것처럼 보였다.

"어서 들어가. 떨어질라."

끼익~!

마루의 말이 끝나기가 무섭게 트럭이 급하게 멈췄다. 나는 운전석 쪽으로 미끄러지며 케이지에 부딪쳤다. 다시 일어났더니 이번엔 트럭 뒤쪽으로 밀렸다. 앞다리로 트럭 문짝을 짚고 뻗댔더니 몸이 뒤집어질 것 같았다. 할 수 없이 앞다리를 들어 훌쩍 뛰어내렸다.

"저놈의 개가 미쳤나?"

운전석에서 아저씨가 소리쳤다. 나한테 그러는 줄 알고 얼떨떨하게 서 있었다. 그때 누런 개 한 마리가 허둥지둥 지나갔다.

"누리야, 빨리 타!"

마루가 케이지 안에서 다급하게 소리쳤다.

"알았어."

나는 누런 개를 힐끔거리며 대답했다. 누런 개는 뭘 찾는 것 같기도 하고, 왠지 정신없어 보였다.

"뭐해? 빨리 타라니까!"

마루가 다시 소리쳤다. 그제야 나는 정신이 번쩍 들었다. 뒷다리에 힘을 주고 트럭 위로 힘껏 뛰었다. 동시에 차가 출발했다.

"아얏!"

트럭 꽁무니에 주둥이를 부딪쳤다. 운전사는 내가 떨어진 줄도 모르고 마구 달렸다. 마루가 컹컹 짖었지만, 그 소리마저 트럭을 따라가 버렸다. 눈 깜짝할 사이에 트럭이 뀐 방귀만 남았다.

습관적으로 길가에 오줌부터 누었다. 주변을 살펴보니 아주 낯선 곳은 아니었다. 해가 지기 전에 부대로 돌아가는 게 좋을 것 같아 서둘러 도로를 따라 걸었다.

아까 그 누런 개가 슬금슬금 다가왔다.

"너, 개장수한테 잡혀가다가 도망쳤지?"

제멋대로 생각하고 떠드는 게 어이가 없었다.

"개 풀 뜯는 소리 하고 있네. 나, 그런 개 아니거든."

"아니긴, 뛰어내리는 거 내가 다 봤는데. 이름이 뭐냐?"

"알아서 뭐하게?"

"여기서 살려면 이름 정도는 말해야지. 난 누리라고 해."

"뭐? 누리라고? 나도 누린데."

"와, 나랑 이름이 같네. 정말 반갑다!"

녀석이 격하게 반가워했다.

에이, 기분 나쁘게 소나 고양이나 다 누리야!

시큼털털한 냄새에 눈곱은 덜렁덜렁, 털까지 꾀죄죄하고 누리
끼리 했다. 반갑기는커녕 더는 말 섞기도 싫었다.

"아참, 내가 여기 왜 왔지?"

누리끼리한 녀석이 뜬금없이 물었다.

"그걸 왜 나한테 물어? 어디 아프냐?"

"요즘 자꾸 깜박거려. 생각이 안 날 때도 있고."

누리끼리가 맹한 눈으로 나를 보았다. 한심하기 짝이 없었다.

내가 누군지 확실하게 알려주고 싶어서 최대한 거들먹거리며
말했다.

"난 군대 수색견이야!"

"수색견? 그게 뭔데?"

"그건 말이야……."

지금까지 주워들은 이야기를 따발총처럼 쏘아 댔다. 아직 훈련 중이란 말은 쏙 뺐다. 트럭에서 떨어졌다는 건 절대로 밝히고 싶지 않았다. 오히려 마루가 한 일을 내가 한 것인 양 뽐냈다.

"쳇. 그래 봤자 사람들을 위해 일하는 거잖아. 나처럼 자유로운 영혼 정도는 돼야지."

"헐! 자유로운 영혼 좋아하네. 그냥 떠돌이구만. 그나저나 트럭엔 왜 뛰어든 거야? 너 때문에 내가……."

하마터면 트럭에서 떨어져 미아 신세가 되었다는 말을 할 뻔했다.

"뭔가 찾으러 가다가……. 맞다, 노랭이!"

"뭐?"

"내 새끼 노랭이가 없어졌는데 깜빡했어."

"새끼를 잃어버렸는데 그걸 까먹냐?"

"먹을 것 찾으러 갔다가 돌아와 보니 없어졌어. 노랭이 좀 찾아 줘."

"내가 왜?"

"뛰어난 수색견이라며?"

잘난 척은 다 했는데 못 한다고 할 수도 없었다. 핑계를 댔다.

"당장 부대로 돌아가야 해서 안 돼!"

"눈 깜짝할 사이에 찾는다며?"

괜히 뻥은 쳐 가지고! 벽이라도 있으면 머리를 콩콩 찧고 싶었다.

"노랭이랑 어디서 살아?"

"그건 왜?"

"냄새를 맡아야 그걸 쫓아가지."

누리끼리가 앞장서더니 논길로 갔다. 방아깨비, 여치들이 이리저리 도망쳤다.

"여기야."

누리끼리가 작은 창고 앞에서 멈추었다.

코를 박고 냄새를 맡았다. 비릿한 냄새, 침 냄새, 오줌 냄새가 뒤섞여 났다. 온갖 떠돌이 냄새가 분명했다. 노랭이 냄새를 제대로 맡아도 찾을까 말까 한데 어떤 건지 알 수가 없었다.

날은 점점 어두워져 갔다. 자신감마저 어둠 속으로 뒷걸음질 쳤다.

먹물처럼 번져 가는 하늘을 보며 누리끼리가 넋두리했다.

"새끼 셋을 낳았는데…… 하나밖에 안 남았어."

덜렁거리던 눈곱이 눈물과 함께 뚝, 뚝 떨어졌다.

"언제부턴가 냄새도 잘 못 맡아. 노랭이를 어떻게 찾아야 할지 모르겠어."

나도 못 찾겠다는 말이 목구멍까지 올라왔지만 꿀꺽 삼켰다.

콧구멍을 벌려 냄새를 맡았다. 귀를 쫑긋 세워 집중했다.

저만치 불빛이 보이고 맛있는 냄새가 났다. 이런저런 소리들도 들렸다.

"동네로 가 보자."

"거긴 갔을 리가 없어. 절대로 가면 안 된다고 했단 말이야."

"사람들이 데려갔을 수도 있잖아. 맛있는 냄새…… 아니, 낑낑대는 소리가 들려. 가 보자."

"정말? 큰 개 짖는 소리만 희미하게 들리는데?"

"내 귀가 얼마나 예민한데! 분명히 마을에 있을 거야."

나는 당장이라도 찾아줄 것처럼 말했다. 누리끼리도 더는 망설이지 않았다.

마을 어귀 양쪽으로 아름드리나무가 있었다. 그곳을 지나자마자 침샘을 자극하는 고기 냄새와 낑낑대는 소리가 더 또렷해졌다.

"컹컹!"

목줄을 맨 시커먼 검둥이가 느닷없이 튀어나왔다. 덩치가 송아지만 했다. 온몸이 마비된 듯 멈췄다. 뜻밖에도 누리끼리가 성

큼 나섰다.

"너 때문에 여기 오기 싫다니까. 저리 비켜!"

검둥이한테 놀란 가슴, 누리끼리의 말에 한 번 더 놀랐다.

검둥이가 나를 힐끔 보았다.

"겁대가리 없이! 어디서 한 놈 데려왔다 이거지?"

"새끼를 찾아야 해서 눈에 뵈는 게 없거든. 확, 그냥!"

누리끼리가 한술 더 뜨자, 검둥이도 지지 않고 대거리를 했다.

"콩알만 한 네 새끼를 왜 여기서 찾아? 썩 꺼져!"

내가 얼른 나섰다.

"난 수색견이야. 저쪽에서 낑낑대는 소리가 나니까 좀 비켜
봐."

"밤에 웬 수색? 한 방 물리기 전에 너도 꺼져!"

"꺼질 건 바로 너야. 우린 눈에 불을 켜고 새끼를 찾아야 하거
든."

"내 허락 없인 아무도 못 들어가."

검둥이가 목줄을 당기며 으르렁거렸다. 다행히 목줄은 길지
않았다.

작전을 짜듯 누리끼리에게 속삭였다.

"내가 관심을 돌릴 테니 가서 새끼를 찾아봐."

검둥이가 나한테 집중하게 큰 소리로 말했다.

"이봐, 수색견이 뭔 줄 알아?"

"아까부터 수색견 어쩌고 하는데, 난 관심 없다."

"음, 덩치로 보나 생긴 걸로 보나 넌 수색견으로 딱인데!"

수색견이 얼마나 멋진 일을 하는지, 누리끼리에게 뽐낼 때보다 더 침을 튀겨 가며 자랑했다.

"개로 태어났으면 수색견 정도는 돼야 멋진 개생이지!"

"개생이 뭐야?"

설명하려니 귀찮았다.

"그런 게 있어."

"어떻게 하면 너처럼 될 수 있어?"

검둥이가 눈을 반짝거리며 한 발 다가섰다. 나는 장난기가 슬슬 발동했다.

"그건, 군인들이 타고 있는 커다란 차가 지나가면 지금처럼 앞을 막고 컹컹 짖어. 아주 위협적으로. 그럼 당장 널 데려가고 싶어 안달이 날 거야."

"흐흐! 그건 완전 내 전문이지!"

"지금 임무수행 중이니까 좀 비켜 줄래?"

"얼른 갔다 와. 이따가 수색견 이야기 더 해 줘."

고개를 까딱하고 헐레벌떡 누리끼리를 쫓아갔다.

파란대문 앞에서 누리끼리가 안절부절못하고 있었다. 안에서 끙끙대는 소리가 났다.

"뭐해? 얼른 짖어야지."

"예전에 살던 집에 이런 대문이 있었어. 주인아저씨가 술만 마시면 나한테 화풀이해서 도망쳤거든. 다른 건 가물거리는데 그 기억은 또렷해."

누리끼리는 마치 그 아저씨라도 만난 것처럼 뒷걸음질쳤다.

"세상에 나쁜 사람만 있는 게 아니야."

안에서 노랭이가 계속 끙끙댔다.

나는 누리끼리에게 용기를 주고 싶었다. 앞발로 문을 긁으며 컹컹 짖었다. 누리끼리가 천천히 돌아서더니 꼬리를 바짝 세웠다. 대문을 박박 긁으며 짖기 시작했다.

구수한 냄새를 맡으니 배가 더 고팠다. 에라! 모르겠다. 나는 더 크게 짖었다.

동네 개들이 하나둘 따라 짖는 바람에 온 동네가 개판이었다.

마당에 불이 환하게 켜졌다. 신발 끄는 소리가 들리고, 향긋한 샴푸 냄새가 다가왔다.

정수리가 반질반질한 할아버지가 대문을 열었다. 키 작은 남자 아이가 따라 나왔다.

"왜 이렇게 시끄럽누?"

문을 열자마자 누리끼리가 쏜살같이 달려 들어갔다. 털이 말간 강아지가 꼬리가 떨어져라 흔들어 대고 있었다. 나도 슬금슬금 들어갔다.

"할아버지가 데리고 온 강아지 엄만가 봐요."

"노리끼리한 게 닮았네. 논에 빠져서 한참 낑낑대기에 데려왔더니만. 쯧쯧, 얼마나 찾았을꼬."

노랭이가 누리끼리의 품으로 파고들며 마른 젖을 빨았다.

누리끼리는 혀가 닳도록 노랭이를 핥았다. 그러다 나랑 눈이 마주쳤다.

"누리야, 넌 멋진 수색견이야."

멋진 수색견! 털 나고 처음 듣는 칭찬이었다. 입꼬리가 쓱 올라갔다.

그때 아이가 나를 보더니 눈을 동그랗게 떴다.

"어? 이 개는 아까 뉴스에 나온 탈출견 같아요."

탈출견? 뭐, 잃어버렸다는 것보단 훨씬 낫네!

"그러냐? 어디 보자."

할아버지가 천천히 돌아서면서 나를 내려다보았다. 나는 훈련한 대로 가만히 앉아 있었다.

"머리와 몸통은 시커멓고 다리는 갈색에다가 까만 목줄까지 있잖아요."

"허 참, 그런 것 같기도 하고."

"뉴스에서 신고하라고 했는데요."

"내가 전화해 보마. 네 할미더러 된장국에 멸치 몇 마리 넣어서 밥 좀 말아 달라고 해라. 어미가 사흘에 피죽도 못 먹은 몰골이구나. 듬직한 이 녀석한테도 좀 주고."

바로 부대로 찾아갈 수도 있지만, 개고생하기 싫어 일단 밥부터 먹었다. 배고프니 완전 꿀맛이었다.

할아버지가 휴대전화를 들고 나왔다.

"여보시오? 거기 파출소지요? 저 뭐냐, 아까 뉴스에 나왔던 탈출개가 있는데…… 네, 시커먼 목줄에 눈은 부리부리하고, 앞다리가 떡 벌어진 게…….."

돌아가면 마루에게 제대로 침 튀길 일만 남았다.

발톱

'살다 살다 고양이 발톱까지 갈아 줄 줄이야.'

생각 같아선 발까지 몽땅 깨물어 버리고 싶었지만, 어쩌겠어?

벌벌 떨며 뻐드렁니로 갈았지. 그런데 기분이 이상했어.

발톱을 갈아 줄수록 무섭기는커녕 자기 이빨이 시원해지지 뭐야.

한밤중, 옹이가 기지개를 켰어.

"순찰이나 해 볼까?"

옹이는 반찬가게 이층에 사는 하얀 고양이야. 밤마다 일층으로 내려가 가게를 살피지.

사그락 사그락!

냉장고 뒤에서 무슨 소리가 났어. 옹이가 살금살금 다가갔지.

늙은 쥐가 코를 실룩거리며 뒷걸음질로 나오지 뭐야.

"딱 걸렸어!"

옹이가 늙은 쥐의 꼬리뼈를 지끈 밟았어.

"한 번만 살려 줘!"

"요즘 누가 쥐를 먹냐?"

옹이 말에 늙은 쥐가 뻐드렁니를 드러내며 샐샐거렸어.

"살려 주면 뭐든 다 해 줄게."

"뭐든?"

옹이가 눈을 깜박거리다가 말했어.

"내 발톱도 이빨로 갈아 줄 수 있어?"

발톱 소리에 늙은 쥐는 간이 오그라드는 것 같았어.

옹이는 늙은 쥐의 마음도 모른 채 자기 말만 했지.

"아주머니가 발톱을 깎아 주는데, 여간 성가신 게 아니거든. 버둥거리다가 피도 났다니까."

늙은 쥐가 조그맣게 구시렁거렸어.

"그렇게 성가시면 싹 뽑아 버리든가."

옹이가 그 소리를 들었지 뭐야. 앞발로 늙은 쥐의 머리를 쥐어박았어.

"누굴 바보로 아나? 너 같은 쥐는 어떻게 잡으라고?"

옹이는 면박을 주고 앞발을 내밀었어. 탱자나무 가시 같은 발톱이 쑥 나왔지. 퀴퀴한 냄새도 나는 것 같았어. 늙은 쥐는 무서운 건 둘째 치고 자존심이 팍 상했어.

'살다 살다 고양이 발톱까지 갈아 줄 줄이야.'

생각 같아선 발까지 몽땅 깨물어 버리고 싶었지만, 어쩌겠어? 벌벌 떨며 뻐드렁니로 갈았지. 그런데 기분이 이상했어. 발톱을 갈아 줄수록 무섭기는커녕 자기 이빨이 시원해지지 뭐야.

'어라, 이거 나쁘지 않은데.'

늙은 쥐는 짭조름한 발톱 가루를 혀로 살살 굴리다가 자기도 모르게 침과 함께 꼴딱 삼켰어.

늙은 쥐가 발톱을 갈아 주니 옹이도 시원했어.

"먹을 걸 줄 테니까 언제라도 와서 갉아 줘."

늙은 쥐는 제삿날인 줄 알았는데, 이게 웬 횡재냐 싶었지. 옹이가 남긴 밥까지 싹 먹었어.

그 뒤부터 늙은 쥐는 배가 고프면 밤중에 옹이를 찾아왔어.

보름이 지났어.

늙은 쥐는 몸이 녹작지근해서 하루를 꼬박 잤어. 아침이 되자 배가 너무 고픈 거야. 옹이 밥이 생각났지. 낮이라 갈까 말까 망설였지만, 허기를 견딜 수가 없었어.

늙은 쥐가 기지개를 켰어. 왠지 덩치가 커진 느낌이야. 발을 보니 솜뭉치 같은 고양이 발이었어. 화들짝 놀라 비명을 질렀지.

"야옹!"

입에서 '찍'이 아니라 '야옹' 소리가 나왔어. 고양이가 된 늙은 쥐는 눈만 껌벅거렸지.

"오잉? 내가 왜?"

고양이가 된 늙은 쥐는 고개를 갸웃거렸어. 허기부터 달래려고 반찬가게로 갔어. 유리문에 비친 자기 모습을 보고는 눈이 왕방울만 해졌지. 글쎄, 옹이랑 똑같은 거야.

"아하!"

그제야 늙은 쥐는 어떻게 된 일인지 짐작했어.

쓰레기봉투를 들고 나오던 아주머니가 늙은 쥐, 그러니까 쥐옹이를 봤어.

"옹아, 네가 왜 거기 있어? 집 나간 거 처음 보는데."

아주머니가 쥐옹이를 덥석 안고 가게로 들어가지 뭐야. 노릇노릇하게 구워진 가자미를 보자 쥐옹이 뱃속에서 난리가 났지.

"환장하겠네, 야옹!"

"발이 이게 뭐니? 까마귀가 친구하자고 하겠다."

아주머니가 버둥거리는 쥐옹이의 발을 물티슈로 박박 닦았어. 그리고 이층으로 올라가는 계단에 쥐옹이를 놓아 주었지.

"배가 홀쭉하네. 밥부터 먹어."

쥐옹이는 살금살금 걷다가 우쭐우쭐 걸었어. 고양이가 아니라 호랑이라도 된 것 같았지.

거실에서 뒹굴던 옹이가 고개를 들었어. 꼬리를 살랑살랑 흔들며 중얼거렸지.

"저기 거울이 있었나? 어라, 난 누웠는데 쟤는 막 걸어 다니네."

옹이는 눈알이 튀어나올 만큼 놀랐어.

"너, 누구야?"

'쫄지 마! 나도 옹이잖아.'

쥐옹이는 속으로 마음을 다잡고 되레 큰소리쳤어.

"너야말로 누군데 남의 집에 누워 있냐?"

쥐옹이는 통쾌해서 웃음이 나오려는 걸 간신히 참았어.

"누굴 바보로 아나? 나는 여기 누워 있었고, 넌 방금 들어왔잖아."

"웃기고 자빠졌네. 누워 있었다고 이 집 주인이면 나도 누웠다."

쥐옹이가 소파에 냉큼 올라갔어. 폭신해서 이리저리 마구 뒹굴었지. 넓은 집에 이렇게 깨끗한 거실이라니, 다시는 나가고 싶지 않았어.

옹이가 발톱을 세우며 으르딱딱거렸어.

"이래 봬도 나 이 집 보안관이야. 어디서 까불어?"

하지만 오른발로 귀싸대기, 왼발로 뺨따귀, 뒷덜미까지 흠씬 두들겨 맞은 건 옹이였어. 옹이는 그러고도 몇 대 더 맞고 간신히 창문으로 도망쳤지.

쥐옹이는 집 안을 당당하게 돌아다녔어. 말랑말랑한 쿠션에 꾹꾹이를 하고 혓바닥으로 털을 골랐어. 뒹굴다 배고프면 밥 먹고 그야말로 등 따시고 배불렀지.

한잠 늘어지게 잔 쥐옹이는 바깥 공기가 쐬고 싶었어. 창문을 넘자마자 삼층 공부방에서 나오던 아이들과 마주쳤어. 꽁지 빠지게 달아나려고 할 때야.

"와, 예쁜 고양이다."

아이들은 누가 먼저랄 것도 없이 쥐옹이를 쓰다듬었어. 기분이 째질 지경이었지. 피식피식 웃음이 났어. 쥐였을 땐 아이들이 '으악!' 하고 도망쳤거든.

밤이 되자 아주머니가 왔어.

"집안 꼴이 이게 뭐니? 털도 많이 빠져 있고. 무슨 일 있었어?"

아주머니는 어질러 놓은 물건을 정리하고 청소를 했어.

"밥그릇은 깨끗하게 비웠네. 아유, 예뻐!"

아주머니가 쥐옹이 목덜미를 간질였어.

쥐옹이는 먹다가 쫓겨난 적은 있어도 다 먹었다고 칭찬받긴 처음이야.

아주머니는 텔레비전을 좀 보다가 입이 찢어지게 하품을 했어.

"집 잘 지켜."

쥐옹이는 옹이가 보안관이라며 거들먹거리던 게 생각났어. 보안관 노릇이야 밥그릇 비우기만큼 쉬운 일이지. 아주 사납게 이렇게 소리치면 되거든.

"이야옹, 이야옹!"

한편 쫓겨난 옹이는 무작정 달렸어. 정신을 차리고 보니 동네 놀이터였어. 겨우 한숨 돌리고 주변을 살폈어. 어디가 어딘지 도통 모르겠는 거야. 한 번도 집을 나와 본 적이 없었거든.

옹이는 아픈 곳을 혀로 핥았어. 자기랑 똑같이 생긴 녀석이 누구인지 암만 생각해도 알 수가 없었어.

'아주머니를 찾아야겠어.'

옹이는 반찬가게를 찾아 헤맸어. 그런데 돌아다니다 보니 신기한 게 많았지.

쌩쌩 달리는 자동차, 고소한 냄새를 풍기는 빵집, 온갖 물건들이 다 있는 슈퍼마켓, 알록달록 장난감이 진열된 문구점 등, 아주머니를 찾는 것도 잊을 만큼 구경거리가 넘쳐났어.

실컷 돌아다니다 보니 어느새 어둑어둑해졌어. 깜깜해질수록 옹이 머릿속도 깜깜해졌지. 바람도 집으로 돌아간 것 같은데 옹이는 갈 곳이 없었어.

자동차 밑에 기어 들어가서 웅크렸어. 폭신한 방석, 늘 채워져 있던 밥그릇이 아른거렸지. 아주머니도 보고 싶고 말이야.

옹이는 어쩌다 이렇게 되었을까, 도대체 그 녀석은 누구일까?

생각이 꼬리에 꼬리를 물다가 스르르 잠이 들었어.

옹이는 몇 날 며칠 가게를 찾아 헤맸어. 바깥세상은 호기심 천국이며 배고픈 지옥이었어. 어쩌다 길고양이들의 밥그릇에 입을 댔다가 번번이 쫓겨나기 일쑤였지. 다들 자기만의 영역이 있었거든.

바람결에 무슨 냄새가 났어. 냄새를 따라갔더니 생선 가게였어.

"이놈의 도둑고양이, 저리 가!"

생선에 간을 하던 아줌마가 소금을 확 뿌리는 거야. 옹이는 억울해서 소리쳤지.

"야옹!"

"썩 꺼지라니까!"

아줌마가 생선 다듬던 물을 뿌렸어. 구정물을 뒤집어쓴 옹이는 얼룩 고양이가 되었지. 혀로 구정물은 닦았지만 서러움은 닦이지 않았어.

꼬질꼬질한 옹이는 돌담 옆에 엎드렸어. 화도 나고 억울해서 돌에다 발톱을 박박 긁었어.

"어라, 이렇게 갈면 되네."

발톱을 시원하게 갈았더니 뭔가 뿌듯했어. 반찬가게도 금방 찾을 것 같았지.

다음 날, 정신없이 돌아다녔지만 가게는 못 찾고 사료를 발견했어. 다짜고짜 입부터 댔지.

"썩 꺼져!"

점박이 고양이가 한 대 칠 기세였어. 꼬리가 짧은 놈, 털이 뭉텅 빠진 녀석도 눈에 불을 켜고 덤비는 거야.

옹이는 더는 물러서기 싫었어. 발톱을 긁으며 소리쳤지.

"다 덤벼! 죽기 아니면 까무러치기야."

"그만해!"

덩치 큰 까만냥이가 말렸어. 하지만 다른 고양이들은 계속 덤벼들 기세였지.

까만냥이가 대장같이 점잖게 타일렀어.

"우리끼리 싸워 봤자 상처만 남아."

그제야 다른 고양이들이 한발 물러났어.

옹이는 염치 불구하고 허겁지겁 먹었어.

까만냥이가 말했어.

"너도 버림받았냐?"

"아니. 나랑 똑같이 생긴 놈한테 쫓겨났어."

"형제가 더 무섭다니까."

"난 형제 없어. 진짜 똑같이 생긴 녀석이 느닷없이 쳐들어왔다니까."

"그래?"

까만냥이는 고개만 갸우뚱거렸어.

"늙은 쥐가 발톱 먹고 똑같이 변신했다는 말은 들어본 적이 있는데."

옹이는 머리를 한 대 맞은 듯 정신이 번쩍 들었어.

"고양이가 늙은 쥐에게 이빨로 발톱을 갈아 달라고 했다면?"

"세상에 그런 게으름뱅이가 어디 있냐? 쥐도 무서워서 못 할걸."

옹이가 기어들어가는 목소리로 말했어.

"늙은 쥐가 내 발톱을 갈았어. 이빨로."

"뭐? 그때 발톱가루를 먹었네, 먹었어! 쥐랑 친구도 먹었냐?"

"그게 중요한 게 아니잖아. 어떡하지?"

"당장 가서 혼쭐내고 네 자리를 찾아야지."

옹이가 고개를 절레절레 흔들었어.

"네가 안 당해 봐서 그래. 걔 진짜 무서워!"

"그래 봤자 고양이 탈을 쓴 늙은 쥐일 뿐이야."

"집을 못 찾겠어."

"갈수록 태산이군. 딱히 생각나는 거 없어?"

"반찬가게를 해. 아주머니가."

까만냥이가 눈을 아슴푸레하게 뜨며 말했어.

"그 집인가? 따라와 봐."

옹이는 놓칠세라 바짝 따라붙었어.

"근데 발톱은 왜 갈아 달라고 한 거야?"

"집 안엔 발톱 갈 데가 없어. 아주머니가 깎아 주는데, 되게 무서워."

"밖에서 네가 갈면 되지."

"그러게. 나와 보니까 갈 데가 천지네."

조금 더 갔더니 넓은 골목길이 나왔어.

"쭉 가면 가게가 나올 거야. 여기서부턴 혼자 가."

"고마워! 가끔씩 발톱 갈러 나올게."

까만냥이가 빙긋 웃으며 돌아섰어.

옹이는 뛰다시피 걸어갔어. 정말 가게가 있지 뭐야. 맛있는 밥, 폭신한 방석, 그리운 아주머니가 있는 옹이의 집 말이야.

옹이는 익숙한 냄새에 콧구멍을 활짝 벌려 냄새를 맡았어.

"야옹! 야옹!"

아주머니가 반찬통을 정리하다 돌아보았어.

"요즘 자주 나다닌다."

옹이는 아주머니 다리에 부비부비했어. 아주머니가 안아 주었지.

"어디서 구정물을 뒤집어썼나? 꼴이 이게 뭐니? 이따가 목욕

하자.”

옹이는 목욕을 싫어했지만, 큰 소리로 대답했어.

“야옹!”

옹이가 뒷다리에 힘을 주고 이층으로 올라갔어.

쥐옹이는 밥 먹는데 정신이 팔려 있었지.

옹이가 발톱을 드러내고 사냥 자세를 취했어. 단숨에 뛰어오르더니 송곳니로 쥐옹이의 뒷덜미를 물었어. 옹이한테 물린 쥐옹이는 순식간에 쥐로 변했지.

늙은 쥐는 찍소리도 못 하고 걸음아 날 살려라 달아났어.

“내 눈에 띄기만 해 봐. 이야옹!”

옹이는 느긋하게 밥을 먹었어. 폭신한 방석에 꾹꾹이도 했지. 아주 오랫동안 말이야.

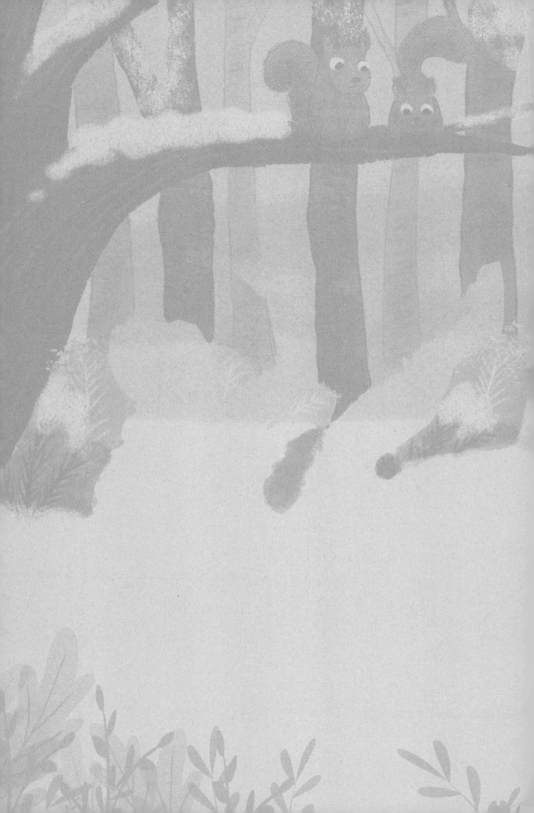

살구가 된 망고

망고는 훈련사 말이 끝나자마자 훈련사에게 펄쩍 안겼어.

말귀 하나는 기가 막히게 잘 알아듣거든.

망고는 망고도 좋고 살구도 좋았어.

이름이 바뀐다고 달라지는 건 없으니까.

"망고야, 생일 축하한다!"

할아버지가 밥그릇에 적당히 식은 닭고기를 담았어. 먹기 좋게 찢어서 말이야. 고소한 냄새가 망고 코를 자극했지. 망고는 꼬리를 흔들며 냉큼 먹기 시작했어.

망고는 할아버지가 애지중지 키우는 반려견이야. 레버라도 리트리브 종으로 털이 노르스름한 망고색이지.

"많이 먹어라. 너 귀 빠진 날이잖아."

처음으로 생일상을 받은 망고는 하얀 구름 위를 뒹구는 기분이었어.

'생일은 맛있는 걸 주는 날이구나.'

끙!

할아버지가 앓는 소리를 내며 마루에 밥상을 내려놓았어. 닭

백숙과 김치가 정갈하게 놓여 있었지.

"너랑 나랑 오래오래 살자꾸나."

할아버지가 흐뭇한 눈으로 망고를 내려다보다가 닭다리를 한 입 베어 물었어. 인상을 찌푸리며 겨우 삼켰지.

망고는 닭고기를 게 눈 감추듯 먹어치웠어. 입맛을 다시며 할아버지 앞으로 다가갔어.

"뭐? 더 달라고?"

할아버지가 닭가슴살 한 점을 큼직하게 뜯어 망고 입에 넣어 주었어. 날름 삼킨 망고는 눈을 깜박거리며 할아버지를 빤히 보았어.

'할아버지, 더요. 간에 기별도 안 간다고요.'

"이제 그만! 과식은 몸에 해롭단다."

할아버지는 닭백숙이 반이나 남았지만 앓는 소리를 내며 상을 치웠어. 망고는 할아버지 손을 핥으며 꼬리를 살랑살랑 흔들었지. 그때 휴대전화가 울렸어.

"식사는 잘하고 계시죠?"

휴대전화 너머로 낯익은 목소리가 들렸어. 망고는 꼬리를 더세게 흔들었지. 할아버지 아들이자 망고란 이름을 지어 준 첫 번째 주인이었거든.

전화기 너머로 '빵' 소리가 들리는 것 같았어. 망고는 바닥을

한 번 뒹굴었어. 할아버지 아들이랑 총놀이하며 놀았던 기억이 떠올랐거든.

할아버지는 아들이랑 한참 통화했어.

"이번 고비만 잘 넘기면 다시 일어설 수 있어요."

할아버지는 닭가슴살과 찐 고구마를 한꺼번에 삼킨 표정이었어. 땅이 꺼져라 한숨을 쉬며 전화를 끊었어.

망고는 할아버지 바짓가랑이를 물고 늘어졌어.

"왜? 똥 마려워?"

'할아버지 운동 가자고요.'

사실은 급하게 똥이 마려웠어.

"자꾸 달라고 할 때 알아봤다. 오늘은 혼자 다녀와."

할아버지가 물을 한 모금 마시더니 또 주먹으로 가슴을 통통 두드렸어.

망고는 똥이 마려워 참을 수가 없었어. 대문을 나섰지.

집 뒤 산길에 하얀 찔레꽃이 흐드러지게 피어 있었어. 망고는 코를 실룩거리며 찔레나무 근처에 자리를 잡았지.

'할아버지가 이런 데 눠야 거름이 된다고 했어.'

시원하게 똥을 눈 망고는 뒷발로 흙을 파서 덮었어. 속을 비웠더니 기분이 날아갈 것 같았어.

오솔길을 힘껏 내달렸지. 노란 금계국과 하얀 개망초가 경쟁

하듯 피어 있었어. 바람이 불 때마다 한데 어우러져 춤을 추는 것 같았지.

어느새 도로까지 내려왔지 뭐야.

삐뽀삐뽀!

구급차가 한 대 오더니 망고가 내려온 길로 올라갔어.

'할아버지 기다리시겠다.'

망고는 얼른 발길을 돌렸어. 하지만 돌아가는 길도 여기 기웃 저기 기웃, 자꾸 한눈을 팔았지. 그새 올라갔던 구급차가 다시 내려오더니 망고를 지나쳐 갔어.

집에 갔더니 대문이 활짝 열려 있었어.

'월, 월. 할아버지!'

'왔냐?' 하고 반갑게 맞아 주시던 할아버지가 나오지 않는 거야. 지팡이는 기둥 옆에 그대로 있었어. 멀리 가진 않은 것 같았어. 그런데 왠지 다른 날과 느낌이 달랐어. 대문이 활짝 열려 있는 것도 이상하고 말이야.

망고는 할아버지와 걷던 산책길을 한 바퀴 돌았지만 만나지 못했어.

집으로 돌아와 마당에 엎드린 채 기다렸어. 개미만 뽈뽈뽈 지나갔어. 해 그림자가 꼬리를 감추고 눈앞이 점점 어두워졌어. 배가 살짝 고팠지만 할아버지가 안 오는 게 더 걱정이었어.

'기다리면 올 거야. 꼭!'

밤에 잠을 자는데 작은 소리에도 몇 번이나 일어났어. 그렇게 밤을 보냈지.

다음 날, 망고는 닭 울음소리에 잠이 깼어.

월, 월!

할아버지는 여전히 기척이 없었어. 무슨 일이 생긴 게 틀림없었지. 수돗가에서 통에 담긴 물을 할짝할짝 먹었어. 배가 차지 않았어.

해 그림자가 다시 길어질 때까지도 할아버진 오지 않았어. 그리고 밤이 왔지.

다음 날, 망고는 새벽부터 대문 밖에 나가 할아버지를 기다렸어. 엎드렸다가 무슨 소리만 나면 벌떡 일어났지.

오토바이를 탄 아저씨가 지나갔어. 망고는 멀뚱멀뚱 보다가 다시 엎드렸어. 그런데 오토바이가 다시 돌아오는 거야. 망고가 벌떡 일어났어.

'우리 할아버지 못 보셨어요?'

망고가 컹컹 짖자, 아저씨는 목줄도 안 한 망고를 물끄러미 내려다보았어.

'잡아다 팔면 돈이 되겠는 걸.'

아저씨는 개 도둑이었어. 개 도둑은 주변을 휙 둘러보더니 가방에서 개껌을 꺼냈어. 한 손은 주머니에 넣은 채 망고에게 개껌을 내밀었어.

개껌을 보는 순간 망고는 입맛을 다셨어. 배도 몹시 고팠지. 할아버지의 아들이랑 살 때 먹어 본 거라 자기도 모르게 개껌을 덥석 물었지. 개 도둑은 주머니에서 올가미 같은 목줄을 꺼내더니 잽싸게 망고 목에 걸었어.

망고는 미끼를 문 물고기마냥 버둥거렸어. 목이 조여와 숨을 쉴 수가 없었지. 그 틈에 개 도둑은 망고 주둥이를 테이프로 감았어. 망고는 발버둥쳤어. 짖을 수가 없으니 더 답답했지.

개 도둑은 망고를 끌고 가서 오토바이 뒷좌석 이동장에 넣었어. 이동장이 작아 터질 지경이야. 목은 조여 오고 망고는 옴짝달싹할 수 없었어.

오토바이는 신이 난 듯 바람을 가르며 달렸어.

망고는 어떻게든 도망치려고 머리를 굴렸지만 오히려 정신이 몽롱해지는 거야. 자꾸 잠만 쏟아졌지.

얼마 뒤, 망고는 시끄러운 소리에 깼어. 크고 작은 개들이 커다란 쇠창살 안에서 소리치고 있었어. 망고는 아직 이동장 안이었어.

"어떻게 도망치지?"

망고는 번뜩이는 눈빛으로 사방을 두리번거렸어. 주둥이에 붙은 테이프부터 앞발톱으로 뜯기 시작했어. 너무 단단하게 붙어서 발톱이 빠질 만큼 아팠지. 턱 주변 털도 테이프에 뜯겨 따끔따끔했어. 거의 다 뜯었을 때야.

흥얼흥얼 콧노래 소리가 들렸어. 곁눈질로 보니 개 도둑이었지. 헬멧을 벗은 개 도둑은 한쪽 귀가 반쯤 잘려나가 있었어.

'개 훔치다 개한테 물어뜯긴 게 틀림없어.'

망고는 주둥이를 앞다리 사이에 감추고 자는 척했어.

개 도둑은 이를 쑤시며 말했지.

"어디 보자. 꽤 받겠는걸."

개 도둑은 씩 웃으며 이동장을 열었어. 망고가 아직 자는 줄 알았던 거지.

그 순간, 망고는 자리를 박차고 용수철처럼 튀어 올랐어. 앞발로 개 도둑 머리를 세게 치면서 말이야.

"으악!"

개 도둑은 머리를 감싼 채 엎어졌어.

"깨갱!"

망고도 비명을 질렀어. 긴 줄이 이동장 틈에 걸려 목을 졸랐거든. 망고는 이동장을 질질 끌고 갔어.

"에이, 씨!"

개 도둑은 씩씩거리며 이동장을 잡으려고 했어. 망고는 으르렁거리며 펄쩍펄쩍 뛰었어. 그 바람에 이동장에 걸려 있던 줄이 빠졌어. 망고는 냅다 뛰었지.

개 도둑은 허둥지둥 오토바이에 시동을 걸었어.

오토바이 소리가 망고 귀에 가까이 들렸어. 금세 엉덩이를 들이받을 것만 같았지. 망고는 방향을 틀어 좁고 꼬불꼬불한 논길을 달렸어. 발에 줄이 밟히기도 하고, 늘어진 줄이 흙탕물을 튀겼지만 아랑곳하지 않았어. 이렇게 빨리 달려 보긴 난생 처음이었지.

오토바이 소리가 들리지 않았어. 망고는 그제야 숨을 골랐어. 주둥이에 붙은 테이프를 마저 뜯었어. 긴 줄은 이빨로 물어뜯었어. 목이 점점 조여 왔지만 꾹 참았어.

주둥이 주변 털은 듬성듬성 빠졌고, 흙탕물이 묻은 몸은 상한 망고처럼 거뭇거뭇했어. 꼴이 말이 아니었지.

망고는 할아버지가 보고 싶고, 집이 그리웠어. 배도 몹시 고팠지. 자기도 모르게 눈물이 찔끔 났어.

터덜터덜 걷다 보니 어디선가 짭조름한 냄새가 났어. 망고는 냄새를 따라가 보았지. 물이 끝없이 펼쳐진 곳이었어. 아무리 생각해도 여기가 어딘지 알 수가 없었어. 당연했지. 망고는 바다를 처음 보았으니까.

바닷가 모래밭에 사람들이 조그만 강아지랑 발맞추며 산책하고 있었어. 할아버지 생각이 났어. 망고도 모래밭을 걸었어. 발바닥이 보드랍고 촉촉해서 기분이 좀 나아졌어.

저만치 모래밭에서 꺼뭇꺼뭇한 개가 바닷물에 뛰어 들어가서 공을 물고 나왔어. 망고가 신기해서 보고 있는데 계속 반복하는 거야. 공을 물고 올 때마다 사람이 먹을 걸 줬어.

꺼뭇꺼뭇한 개는 인명구조견이 되려고 훈련 중이었지. 꺼뭇꺼뭇한 개가 먹을 때마다 망고는 침을 꼴딱 꼴딱 삼켰어. 자꾸 보고 있으니 더 이상 나올 침도 없었지.

한참을 바라보던 망고는 자기도 모르게 바닷물에 뛰어들어 공을 물었어. 그러고는 훈련사에게 갖다 주었어. 먹을 걸 달라고 말이야.

'컹, 컹. 너 뭐냐?'

꺼뭇꺼뭇한 개가 황당해서 물었어.

'배고파. 며칠 동안 물만 먹었어.'

'그런 건 딴 데 가서 찾아. 내 훈련 방해하지 말고.'

황당하긴 훈련사도 마찬가지였어. 검정색 추리닝에 초록색 모자를 쓴 훈련사는 뭐 이런 개가 있나 싶었지.

망고를 물그러미 바라보던 훈련사 눈이 망고가 물고 온 공만

해졌어. 목줄이 두 개인데, 그 중 하나는 올가미 같은 줄이었거든. 주둥이 주변의 털도 드문드문 빠져 있고 말이야.

훈련사는 주머니에서 휴대전화를 꺼냈어. 당장 유기견 보호소에 전화했어.

구조대가 오는 동안 훈련사는 꺼뭇꺼뭇한 개랑 새로운 훈련을 했어. 보조 맞춰 걷기, 다리 사이로 걷기, 멈추기 등 말이야. 망고는 자기도 모르게 따라했어. 웬만한 말은 다 알아듣거든.

"허허, 요놈 봐라. 어디서 훈련을 받았나?"

훈련사는 백사장으로 원반을 던지고는 망고에게 물어오라고 했어. 망고에겐 식은 죽 먹기보다 쉬운 일이지. 훈련사가 망고에게 먹을 걸 줬어. 망고는 목덜미가 아픈 줄도 모르고 뛰었어. 뱃속을 채우는 게 더 급했거든.

얼마 뒤 보호소에서 이동장을 든 사람들이 왔어. 구조 봉사자들은 이렇게 구조하기 쉬운 개는 처음이라며 모두 입을 모았어.

망고가 떠나려고 하자 훈련사는 몹시 아쉬워하며 말했지.

"진짜 주인이든 새 주인이든 꼭 만나거라."

망고는 병원으로 가서 간단한 검사를 받았어. 워낙 건강해서 곧바로 임시보호소로 갔지. 망고를 맡은 보호소 직원은 망고에게 먹을 걸 줬어. 망고는 숨도 안 쉬고 그릇을 싹싹 비웠지.

"하하, 이 녀석 순한 데다 먹성도 좋네. 그나저나 여긴 비좁아서 얼른 주인이 나타나야 할 텐데."

망고는 배를 채우고 나자 할아버지가 생각났어. 할아버지는 집에 오셨을까? 자기를 기다리지 않을까 궁금하고 걱정도 되었지.

보호소 직원이 망고 사진을 찍어서 주인 찾는 사이트에 올렸어. 진짜 주인을 못 찾으면 입양이라도 보내야 하거든.

일주일이 지나도록 주인은커녕 새 주인도 나타나지 않았어. 덩치가 너무 커서 아무도 애완견으로 데려가지 않았어.

"큰일이네. 얼른 새 주인을 만나지 못하면 안락사시켜야 하는데."

봉사자는 먹이를 줄 때마다 걱정스런 눈으로 바라보았어.

이 주일이 지났어. 망고를 어떻게 해야 할지 결정할 때가 되었지.

보호소로 누가 찾아왔어. 바닷가에서 꺼뭇꺼뭇한 개를 훈련시키던 훈련사야.

훈련사를 한눈에 알아본 망고는 꼬리를 흔들었어. 훈련사는 더 반가워했지.

"얘는 주인이 아직 안 나타났지요?"

"혹시 입양하실 계획이십니까?"

"저는 개 훈련사인데, 구조할 때 보니까 훈련을 잘 시키면 인명구조견으로 살아갈 수 있을 것 같아서요. 주인이 안 나타나면 제가 데려갈까 하는데요."

"인명구조견요?"

보호소 직원이 망고를 유심히 보았어.

"얘는 시각장애인 개가 더 어울리지 않을까요?"

"아니요. 제가 구조되기 전에 잠깐 만났는데, 구조견이 딱 입니다. 이름도 정했어요. 살구라고. 인명구조견 살구, 어때요?"

망고는 훈련사 말이 끝나자마자 훈련사에게 펄쩍 안겼어. 말귀 하나는 기가 막히게 잘 알아듣거든. 망고는 망고도 좋고 살구도 좋았어. 이름이 바뀐다고 달라지는 건 없으니까.

"허허, 이 녀석도 살구가 좋은 모양입니다."

훈련사는 간단한 서류를 작성하고 망고 목에 리드 줄을 걸었어. 망고는 훈련사와 발맞춰서 보호소를 나왔지.

파란 하늘 아래 활짝 핀 수국이 더욱 빛나는 날이었어.

나는 닭

나리는 날개를 펴고 힘차게 발돋움했어요.

"꼬꼬댁, 꼬꼬!"

나리는 아래로 아래로 오래오래 날아갔어요.

비둘기처럼 높이 날지 않아도, 빠르지 않아도 괜찮았어요.

나리와 유채는 희주 집 베란다에서 사는 병아리예요. 깃털이 개나리와 유채꽃처럼 노란색이라 그렇게 지었지요.

탁 트인 베란다에 텃밭이 있어요. 크고 작은 화분이 몇 개 있고, 그 옆에 상추가 올망졸망 자라고 있어요. 흙목욕 하기에 안성맞춤이지요.

꽁지깃이 조금 더 긴 나리가 흙을 파헤쳤어요. 몸을 웅크리더니 깃털 사이에 흙이 들어가도록 부르르 털었지요.

"아이 개운해. 근질근질하던 게 싹 달아났어."

"나도 해 볼래."

유채가 흙목욕하는 동안 나리는 상추를 콕콕 쪼아 먹었어요.

"오늘은 바람도 없고 따뜻하네. 아유, 졸려! 잠이나 자자."

나리와 유채는 라면 상자 안으로 들어갔어요. 상자엔 희주의

티셔츠가 깔려 있지요. 따스한 햇살은 이불이 되었어요.

베란다 앞 소나무 위에서 털이 노란 고양이 노랑이가 나리와 유채를 지켜보고 있었어요. 노랑이는 한쪽 귀 끝이 조금 잘려나간 암컷 고양이예요.

"고 녀석들 참! 쑥쑥 잘도 크는구나."

스르륵!

거실 문이 열렸어요. 희주 엄마가 모이를 들고 나왔지요.

노랑이는 소나무에서 후다닥 뛰어내렸어요.

"에구, 요 녀석들! 또 상추를 엉망으로 만들었네."

희주 엄마는 어질러진 흙을 쓸어 담고, 상추를 세워서 꾹꾹 다졌어요.

한숨 자고 난 나리와 유채가 모이를 쪼고 있을 때였어요. 비둘기 한 마리가 베란다 난간에 앉았어요.

"와, 치킨이다!"

나리가 물 한 모금 물고 고개를 들다가 비둘기와 눈이 마주쳤어요.

"넌 누구야?"

"나를 몰라? 피스! 비둘기잖아."

"왜 우리더러 치킨이래? 난 나리고, 얘는 유채인데."

"나리? 유채? 웃기고들 있네. 너희들은 그냥 치킨이야."

"도대체 그게 뭔데?"

"나중에 때가 되면 알게 될 거다, 이히히."

비둘기는 낄낄거리며 날아갔어요. 나리는 비둘기를 한참 동안 바라보았지요.

"멋지다. 나도 날고 싶어."

나리가 조그마한 날개를 파닥였어요. 먼지만 겨우 일었지요.

"날개가 작아서 그럴 거야. 날개가 자랄 동안 나는 연습을 해야겠어."

그날부터 나리는 시도 때도 없이 날개를 파닥거렸어요. 일어나자마자 파닥파닥, 물 먹고도 파닥파닥, 흙목욕한 다음에도 파닥파닥.

며칠이 지났어요. 나리와 유채는 날개가 제법 자랐어요.

희주 엄마는 커다란 박스로 바꾸고 한쪽엔 흙을 가득 채웠어요. 흙목욕 실컷 하라고요.

나리가 박스 끝에 사뿐히 올라앉았어요.

"나리야, 넌 정말 잘 나는구나."

"이 정도 가지고는 안 돼."

"더 잘 날아서 뭐하려고?"

"비둘기처럼 높이 날아서 넓은 세상을 보고 싶어."

"난 여기가 좋아. 볕도 따뜻하고, 심심하면 흙목욕도 실컷 하고."

나리가 날갯짓을 하자 유채의 깃털이 펄럭거렸어요. 나리는 베란다 난간 위를 보며 말했어요.

"이젠 저 위에서 날아 봐야지. 더 멀리 날 수 있을 거야."

나리가 두 다리에 힘을 주고 폴짝 날아올랐어요. 둥근 봉에 앉으려는 순간, 그만 발이 미끄러졌어요. 나리는 아래로 곤두박질쳤지요.

"삐악!"

다행히 이층이라 다친 데는 없었어요.

"삐악, 삐악. 나리야, 괜찮아?"

놀란 유채가 위에서 소리쳤어요. 눈에 안 보이니까 더 걱정이 되었지요.

나리는 호기심 가득한 눈으로 두리번거렸어요.

"걱정 마. 여긴 정말 넓고 처음 보는 것들이 많아."

화단엔 봄까치꽃이 올망졸망 피어 있고, 민들레와 제비꽃도 꽃대를 올리고 있었지요.

그때 털이 얼룩덜룩한 고양이가 삐악 소리를 듣고 슬금슬금 다가왔지요.

"오, 웬 떡!"

"떡 아닌데요."

"그래. 떡이 아니라 닭이지. 중닭까진 아니고, 병아리티는 좀 벗었네."

"저 위에서 살았는데, 나는 연습하다가 떨어졌어요."

나리는 반가워서 얼룩이가 물어보지도 않았는데 말했어요.

"나는 연습을 했다고?"

고개를 갸우뚱하던 얼룩이가 다시 고개를 끄덕였어요.

"내가 나는 방법을 가르쳐 줄 테니 따라와 봐."

"정말요? 그러면 더 잘 날겠지요?"

나리는 날개를 푸다닥거리며 종종걸음으로 따라갔어요.

얼룩이는 동백나무 밑으로 갔어요. 빨간 동백꽃이 카펫처럼 떨어져 있었어요. 얼룩이가 울타리 앞에서 발톱을 세우더니 휙 돌아섰지요.

"이게 무슨 꽃인가요?"

나리가 동백꽃을 뽕뽕 밟으며 해맑게 물었어요. 얼룩이는 어안이 벙벙해서 발톱을 드러낸 채 말했어요.

"동백꽃이라고…… 됐고, 맛있게 먹어 볼까?"

나리가 눈을 말똥말똥 굴리며 물었어요.

"뭘 먹을 건데요?"

얼룩이가 한 걸음 더 다가왔어요.

"그야 바로, 너지!"

"나, 나를요? 누군데 날 먹어요?"

"나로 말할 것 같으면, 닭 잡아먹는 고양이님이시다."

"엄마야, 삐악! 나리 살려!"

화들짝 놀란 나리가 소리쳤어요. 날개가 떨어질 만큼 파닥거리며 달렸지만, 얼룩이의 거친 숨소리가 꽁지에 달라붙는 것만 같았어요.

그때 노랑이가 나타났어요.

"얼떨이! 동작 그만!"

"노랑이 너 또 까분다."

얼룩이가 노랑이를 노려보았지만 노랑이는 오히려 얼룩이 앞을 가로막았어요.

"저리 비켜! 지금 사냥 중인 거 안 보여?"

"쪼끄만 거 뭐 먹을 게 있다고 사냥씩이나?"

"저 정도면 큰 거지. 사료만 먹었더니 신물이 난다고."

"시끄럽고. 여긴 내 영역이니까, 먹어도 내가 먹어야지!"

노랑이를 본 나리가 속으로 중얼거렸어요.

'저건 또 뭐야? 여긴 무서운 것들이 왜 이렇게 많아?'

노랑이와 얼룩이가 다투고 있을 때, 나리는 얼른 도망쳤어요.

"에이, 너 때문에 놓쳤잖아. 그나저나 내가 왜 얼떨이냐?"

"네 털이 얼룩덜룩하니까 줄여서 얼떨이지."

"우씨, 괜히 물었어. 왠지 더 기분 나빠."

떠돌이 얼룩이는 노랑이를 한번 쏘아보더니 돌아섰지요.

나리는 담쟁이덩굴 뒤에 머리를 박고 벌벌 떨었어요. 바깥세상이 이렇게 무서울 줄은 꿈에도 몰랐지요.

조용해지자 나리는 살금살금 덩굴 밖으로 나왔어요. 그런데 눈앞에 노랑이가 떡 버티고 있지 뭐예요. 나리는 뒷걸음질쳤어요.

"네가 왜 이런 델 돌아다녀?"

"나를 아세요?"

"그럼, 알지."

"비둘기처럼 날아보려다가 떨어졌어요."

"비둘기처럼 난다고? 그래서 만날 푸닥거린 거구만. 날개가 있다고 다 비둘기처럼 나는 건 아니야."

그때 하늘 높이 비둘기 두 마리가 날아갔어요. 나리는 비둘기가 보이지 않을 때까지 하늘만 쳐다보았지요.

"그렇게 날고 싶어?"

나리가 고개를 끄덕였어요.

"이런, 우물 안 개구리 같으니라고."

"개구리가 뭐예요? 난 병아리인데요."

"그게 아니라, 우물 안 개구리처럼 바깥세상을 통 모르니까 하는 소리야. 야옹!"

나리는 '야옹!' 소리가 왠지 무섭지 않았어요. 베란다에서 들어본 것도 같았거든요.

"야옹님은 나를 안 잡아먹을 거지요?"

"아까 말했잖아. 쪼끄만 거 뭐 먹을 게 있다고."

노랑이는 나리를 측은한 눈빛으로 바라보았어요.

"오늘밤은 여기서 나랑 자고 날이 밝으면 산으로 가자꾸나. 그렇게 날고 싶으면 날아 봐야지."

"정말요?"

나리는 노랑이가 든든한 엄마 같았어요. 그래서 궁금한 걸 물었지요.

"치킨이 뭐예요?"

"내가 엄청 좋아하는 건데, 왜?"

"비둘기가 우리더러 치킨이래요."

노랑이가 걸음을 우뚝 멈췄어요.

"치킨은……. 몰라도 돼."

"한 가지 더요. 야옹님은 왜 나를 지켜 줘요?"

노랑이가 천천히 눈을 감았다가 떴어요.

"배가 고픈 날이었어. 사람들이 먹을 걸 주더라고. 맛있게 먹었지. 그러고는 잠이 들었는데 동물병원이었어. 얼마 동안 병원에서 지냈어. 나중에 알았는데, 내가 자는 동안 새끼를 못 낳게 수술을 시켰대."

나리는 고개를 갸우뚱거렸어요.

"그게 저를 지켜 주는 이유예요?"

노랑이는 깊은 숨을 쉬더니 이어서 말했어요.

"작년 봄이었지. 수술 전이었는데, 새끼 두 마리를 낳았어. 그런데 제대로 키우지도 못하고 다 죽었어. 소나무 위에서 너랑 네 친구를 보았을 때 내 새끼가 생각났어."

나리는 알 듯 말 듯해서 더 물으려다가 말았어요. 노랑이 표정이 너무 슬퍼 보였거든요.

아파트 울타리에 어둠이 깔렸어요. 꽃샘바람이 어둠을 휘젓고 다녔지요. 노랑이는 아파트 건물 아래 움푹 패인 곳으로 들어갔어요. 나리도 따라 들어갔지요.

"되도록이면 소리 내지 마. 사방에 네 적이야. 언제 잡아먹힐지 모른다고."

노랑이는 슬그머니 옆으로 누워서 나리를 품어 주었지요.

"야옹님은 따뜻한 해님 같아요."

다음 날, 해가 뜨자마자 노랑이는 나리를 데리고 뒷산으로 갔어요.

"내가 나는 걸 가르쳐 줄 수는 없고, 대신 널 지켜 줄게."

산으로 간 나리는 눈이 휘둥그레졌어요. 벚꽃이 눈처럼 날리고, 크고 작은 나무들은 또 하나의 산 같았어요. 새들의 노랫소리는 덤이었지요.

나리는 흙을 파헤쳐서 지렁이랑 애벌레를 잡아먹었어요. 누가 가르쳐 주지 않아도 오래 전부터 그렇게 했던 것처럼요.

노랑이는 나리가 무엇을 하든 항상 나리 옆에 있었어요. 사료 먹으러 산에서 내려갈 때도 나리랑 껌딱지처럼 붙어 다녔어요. 친구들이 '키워서 잡아먹을 거냐?'며 놀려도 싱긋 웃기만 했어요.

바깥생활에 익숙해지자 나리는 나는 연습을 시작했어요. 날개가 커지는 스트레칭, 빠른 속도로 날개 파닥거리기, 날렵한 몸만들기 등 말이에요. 날갯죽지가 아파도 절대 멈추지 않았어요.

어느 덧 가까운 곳은 꿩처럼 날아다녔어요.

"더 위로 가면 계곡이 있어. 거기서 아래로 날면 꽤 날 수 있을 거야."

나리는 노랑이를 따라 더 높은 곳으로 올라갔어요.

커다란 나무가 계곡을 가로질러 쓰러져 있었어요. 아래엔 빠른 속도로 물이 흘러내려갔지요.

"태풍에 쓰러진 소나무란다. 올라가서 날아 봐."

나리는 횃대 같은 소나무 위를 총총총 걸어갔어요. 계곡이 한 눈에 들어왔지요. 나리는 가슴이 두근거렸어요. 실수로 계곡에 처박힐까 봐 겁이 났어요.

"괜찮아. 넌, 잘 날 수 있을 거야!"

노랑이가 나리에게 용기를 주었어요.

나리는 발가락 끝에 힘을 줬어요. 날개를 펴고 힘차게 발돋움 했지요.

"꼬꼬댁, 꼬꼬오옥!"

나리는 아래로 아래로 오래오래 날아갔어요. 비둘기처럼 높이 날지 않아도, 빠르지 않아도 괜찮았어요. 아래로는 맑은 물이, 양옆에는 꽃과 나무들이, 하늘에는 새들이 응원하는 것 같았지요.

날개에 힘이 빠질 때쯤, 커다란 바위를 발견했어요. 발가락에 힘을 모으고 사뿐히 앉았지요.

멀리서 노랑이가 입꼬리를 올리며 나리를 지켜보고 있었어요.

아파트 화단에 감나무가 있어요. 14년째 살고 있으니, 감나무도 제법 나이를 먹었지요. 올해는 유난히 감을 주렁주렁 달았어요.

추석이 지나자 초록색 감은 하나둘 주황색으로 변해 갔어요.

어제는 그 감나무가 소란스러웠어요. 가만히 있는 감나무가 왜 소란스러울까?

가까이 가 보니 연두색 깃털의 동박새가 다 익은 감으로 잔치를 벌이고 있었어요. 그것도 아들, 손자, 며느리 다 모여서요. 혹시 천적이 오지 않나, 연신 두리번거리며 배를 채우는 모습이 어찌나 귀여운지 한참을 바라보았습니다.

감나무는 무더위를 견디며 키워낸 감을 동박새들에게 아낌없이 내주고 있었어요. 동박새가 급하게 먹다가 체할까 봐 감잎으로 슬쩍슬쩍 가려 주면서요.

여태 보았던 감나무의 모습 중에서 가장 아름다운 장면이었습니다.

우리 아파트엔 길고양이가 참 많아요. 오후 네 시가 되면 깡마른 아주머니가 손수레를 끌고 와서 밥을 줍니다. 길고양이들은 오후 세 시부터 돌돌돌 수레 소리와 자박자박 아주머니 발걸음 소리를 기다릴 거예요.

늦은 오후, 커다란 가방을 멘 아이가 집으로 돌아옵니다. 울타리 밑에서 고양이 노랑이가 아이 앞으로 쪼르르 달려갑니다. 서로를 보듬으며 위로합니다. 오늘 하루 애썼다고요.

세상은 서로 돕고, 나누며 살아가요. 앞으로도 그럴 거라고 믿어요.

택배 상자에서 물건을 꺼냅니다. 빈 상자는 허투루 버리지 않고 무엇으로 쓸까 고민합니다. 세상에 쓸모없는 건 없으니까요.

여섯 편의 동화에 나오는 주인공들은 힘들어도 포기하지 않고, 제 나름대로 쓸모 있게 열심히 살아갑니다. 힘든 친구들에게 위로가 되길 바래 봅니다.

책장을 넘길 때마다 낄낄거리며 읽는다면 더할 나위 없겠습니다.

감이 익어갈 무렵

정영혜